AF360138

MÉTHODE

DU

GYMNASE DES DOIGTS

PERFECTIONNÉ

PAR

Émile-Victor DUCLAUD,

Facteur-accordeur de Piano, à Draguignan,

A L'OCCASION DU CONCOURS RÉGIONAL DE 1864.

DRAGUIGNAN,

IMPRIMERIE DE P. GARCIN, ESPLANADE DE LA VILLE, 4.

1864.

RÉFLEXIONS PRÉLIMINAIRES.

Depuis quelques années les exercices gymnastiques ont acquis un très-grand développement : l'expérience en a constaté l'efficacité dans leurs diverses applications. Toutefois, l'éducation analytique de la main, de cet instrument d'un usage si commun et si utile, reste presque complètement négligée ; aucun essai sérieux, logique, scientifique n'a été continué pour triompher des obstacles dont la nature a entouré ses fonctions principales, obstacles que chacun a pourtant bien des fois reconnus et déplorés.

Faciliter le mouvement des doigts, leur donner de l indépendance et de l'égalité, deux qualités essentielles (surtout au point de vue de l'exécution musicale auquel nous avons voulu le placer); obtenir à la fois, par suite d'exercices gradués, distincts, individuels pour chacun des doigts, si l'on peut parler ainsi, plus d'*agilité*, d'*extension*, de *force* et d'*égalité*.

Jusqu'ici, pour vaincre les résistances physiques résultant de la conformation de la main, on ne leur a opposé presque que l'exécution d'œuvres musicales nommées *Etudes*, exercice sans doute excellent, mais qui exige une force de volonté peu commune et surtout beaucoup de temps. Pour suppléer à ces deux conditions, le temps et la volonté, ou les rendre moins rigoureuses, le concours d'un instrument gymnastique nous semble très-utile ; il est bien entendu qu'il n'exclut pas les *études* écrites par nos grands maîtres ; il en facilite et accélère seulement l'exécution. L'instrument *Gymnase des doigts* que nous présentons, perfectionné dans ce but, doit incontestablement faire acquérir aux diverses parties de la main une dextérité dont l'influence heureuse devra se faire sentir dans l'exécution d'une infinité d'opérations dont elle est l'organe, et d'aplanir par son usage aux instrumentistes en général, et plus spécialement aux *pianistes,* les difficultés dont sont hérissées les compositions modernes.

Le *Gymnase des doigts* est confectionné de manière à ce qu'il puisse s'appliquer aux grandes comme aux petites mains.

Un autre avantage qu'il nous suffira d'indiquer, c'est que

l'exercice du gymnase ne fatigue l'oreille par aucun son, à l'inverse du piano sur lequel la répétition réitérée d'un même exercice, qui d'ordinaire se fait sur cinq notes, formant le plus souvent des combinaisons mélodiques et harmoniques peu flatteuses, cause à celui qui étudie comme à celui qui peut l'entendre, une sensation monotone et désagréable. La répétition réitérée de ce même exercice a, de plus, le double désavantage d'user les pianos dans certaines parties de la mécanique, et de nuire, par ce seul fait, à l'égalité des sons.

Il n'est pas inutile d'ajouter que cet instrument constitue un appareil à la fois élégant, léger et portatif qui peut se placer sur toute surface plane, sur une table, une console ou tout autre meuble.

Avant d'arrêter définitivement la forme et le jeu des divers appareils dont se compose le Gymnase, nous avons dû nous livrer à une étude attentive des mouvements de la main ; nous avons, soit à l'aide des meilleurs traités d'anatomie de cet organe, soit du concours de médecins, cherché à connaître les causes des diverses difficultés opposées à la liberté des doigts. Aussi avons-nous la confiance que le Gymnase perfectionné, basé sur l'observation des faits, exerçant la nature sans la contrarier ni la violenter, développant, au contraire, la grâce des mouvements de la main, pourra mériter à la fois l'approbation des artistes et celle des savants.

Ces études nous ont amené à faire diverses observations scientifiques dont nous demanderons à nos lecteurs la permission de leur communiquer le résultat sommaire ; nous nous efforcerons, malgré les nécessités des termes techniques que nous impose la matière , de rendre cette démonstration aussi claire et aussi intéressante qu'il nous sera possible.

Les mouvements de flexion sont les plus faciles et les plus étendus ; nous avons dû peu insister sur ces mouvements, parce qu'ils sont assez développés ; il n'en est pas de même de l'élévation des doigts et des monvements de latéralité ou écartement. Le mouvement d'opposition du pouce étant très-facile, nous avons cru devoir faire peu pour l'exercer.

Les mouvements d'élévation sont bornés en raison de la conformation des surfaces articulaires et de la disposition des ligaments.

Les mouvements de latéralité ou d'écartement de chacun des doigts sont encore plus bornés que les mouvements d'élévation, à cause des deux ligaments latéraux qui unissent les os du métacarpe aux premières phalanges.

Notre attention s'est portée plus spécialement sur le quatrième doigt ou annulaire, dont les mouvements d'élévation et de latéralité sont moins indépendants à cause des brides tendineuses qui unissent son tendon à ceux du médius et du petit doigt.

·Ces appareils ont donc pour but, d'une part, de faciliter le glissement des surfaces articulaires l'une sur l'autre, et, d'autre part, de tirailler les ligaments articulaires.

Pour obtenir l'écartement des doigts et faciliter le mouvement de latéralité, il y avait à combattre la résistance des ligaments latéraux des articulations métacarpo-phalangiennes, à faciliter le glissement des surfaces articulaires l'une sur l'autre, et à développer l'action des muscles abducteurs et adducteurs.

Pour augmenter le mouvement d'élévation des doigts, il fallait développer l'action des muscles extenseurs, et faciliter le glissement de leurs tendons dans leurs capsules, et principalement celui de l'annulaire qui, ainsi que nous l'avons dit, se trouve bridé par les expansions qu'il envoit au médius et au petit doigt.

Nous croyons avoir atteint ce but au moyen de ces appareils sur lesquels on peut travailler sans crainte de se blesser, puisqu'on peut graduer à sa volonté les difficultés des exercices. On n'a pas à redouter que l'usage de cet instrument donne à la main une forme disgracieuse; au contraire, elle acquerra, autant par la facilité de ses mouvements que par l'indépendance des doigts, la grâce nécessairement incompatible avec la raideur et la dureté des articulations.

L'expérience faite nous permet d'affirmer que l'usage du

Gymnase des doigts perfectionné abrège au moins des deux tiers le temps qu'aujourd'hui, livrés à eux-mêmes et sans le secours d'auxiliaire artificiel, les élèves consacrent à des exercices fatigants et monotones.

MÉTHODE

DU GYMNASE DES DOIGTS.

Le Gymnase des doigts est un assemblage de neuf appareils gymnastiques destinés à approprier et à préparer la main à l'étude de tous les instruments de musique et principalement à celle du piano ; ces appareils sont disposés sur une tablette en bois, sa légèreté. et le peu de place qu'il occupe, le rend très-portatif.

Tous les appareils sont combinés et faits de manière à ce qu'ils puissent être adaptés aux grandes comme aux petites mains.

PREMIER EXERCICE (*)

BUT, DESCRIPTION ET APPLICATION DE L'APPAREIL Nº 1.

Cet appareil a pour objet de faciliter la grande extension d'octave, neuvième, dixième, etc.; il est disposé comme suit : (Figure 1.)

Sur l'épaisseur du devant de la tablette est une plaque de cuivre ; à chaque extrémité de cette plaque est une pièce en bois, coupée à angle droit et garnie de feutre, sur la plaque de cuivre est adapté un petit charriot en cuivre et bois, également garni de feutre : ce charriot peu parcourir toute la longueur de la plaque de cuivre ; il va s'arrêter contre les pièces de bois fixées aux extrémités de la susdite plaque.

(*) Il faut avoir soin, avant d'exercer sur les appareils 1, 2 et 3 de poser le Gymnase sur un meuble, et de manière à ce que les deux petites boules du devant, qui lui servent de pieds, soient en dehors de la surface plane du meuble, et forment un arrêt contre l'épaisseur du dessus ; on empêchera par ce moyen que la nature de ces trois exercices fassent glisser le Gymnase en avant.

Placez dans l'angle **A**, figure **2**, le petit doigt de la main gauche, en donnant à la main la forme que vous lui donneriez en la plaçant sur un clavier de piano ; placez le pouce de cette même main sur le milieu du charriot, imprimez à la main un mouvement général d'extension, en poussant le charriot, avec le pouce vers l'angle **B**, en observant de ne pas boujer le petit doigt de l'angle **A** ; ramenez le charriot au point de départ, avec le pouce que vous avez placé dessus ; repetez ce mouvement de va et vient jusqu'à ce que le pouce et le petit doigt soient parvenus, dans leur extension, à pouvoir s'appliquer dans toute leur longueur contre la partie **C** de l'appareil. (Figure 3.)

Il faut répéter ce même exercice avec la main droite, et placer alors le petit doigt de cette même main dans l'angle opposé à celui où vous avez placé le petit doigt de la main gauche.

DEUXIÈME EXERCICE.

BUT , DESCRIPTION ET APPLICATION DE L'APPAREIL N° 2.

———

Cet appareil a pour but de développer les extensions des deuxième, troisième, quatrième et cinquième doigts ; il se compose de deux pièces distinctes. L'une d'elles est fixée à la tablette par un pivot qui traverse la noix d'une charnière, laquelle est vissée à deux petites pièces de bois recouvertes en peau. A chacune des extrémités de ces pièces de bois, opposées aux côtés fixés à la charnière, est adapté et fixé, au moyen d'une vis, un petit bras en cuivre. Ces bras en cuivre sont également fixés à un seul et même morceau de bois au moyen de vis ; ce morceau de bois, en se rapprochant ou en s'éloignant du point de centre ou noix de la charnière sus-mentionnée, ouvre ou ferme plus ou moins les pièces de bois qui y sont vissées, de manière à ce qu'elles forment un angle plus ou moins aigu, un angle droit ou un angle plus ou moins obtus.

Ces divers angles s'obtiennent au moyen d'une vis en bois qui, passant dans un écrou pratiqué dans une petite borne en bois fixée à la tablette, repousse ou attire la pièce de bois où sont vissés les bras en cuivre qui sont eux-mêmes appelés à ouvrir ou fermer les deux pièces de bois vissées à la charnière.

La seconde pièce qui compose cet appareil est détachée de la tablette ; elle est composée de deux petites pièces de bois ; elles sont réunies d'un bout par une petite charnière et chacun des deux autres bouts est terminé par une roulette. Cette pièce, qui est aussi recouverte en peau, est amincie du côté de la charnière. Elle est destinée à être placée entre les doigts que l'on veut exercer sur l'appareil n° 2, afin d'éviter :

1° Que les doigts s'échauffent par le frottement ;

2° Que les ongles rentrent dans les chairs, par suite de l'échauffement que procureraient le frottement et la pression ;

3° Qu'il n'y ait pas déviation dans l'articulation des phalanges.

Placez la pièce A (figure 1) entre les doigts que vous voulez exercer ; commencez par la main gauche, et placez d'abord cette pièce entre l'index et le médius, (deuxième et troisième doigts), de manière à ce que le côté de la charnière touche bien la peau interdigitale ; enfourchez, avec cette pièce mobile, ainsi tenue entre ces deux doigts, l'appareil fixe B (figure 2) ; poussez en avant, jusqu'à ce qu'il y ait contact complet entre les deux appareils (figure 3). Répétez ce mouvement de va et vient avec vigueur, jusqu'à ce qu'il se fasse sans effort ; augmentez ensuite l'angle progressivement, jusqu'à son plus grand développement, au moyen de la vis C (figure 3), en ayant soin de n'arriver au dernier degré qu'après avoir acquis, sur chacun des degrés intermédiaires, la même facilité que sur le premier.

Dans cet exercice, la main doit toujours porter à plat sur la tablette du Gymnase.

Les appareils n⁰ˢ 3, 4, 5, 6 et 7 étant destinés à développer le quatrième doigt, nous croyons, avant de le faire exercer sur chacun d'eux, expliquer l'un des motifs principaux qui s'oppose à ce qu'il soit indépendant des autres doigts, le tendon du quatrième doigt, reçoit de chacun des tendons du troisième et cinquième doigt une bride ligamenteuse.

Ce sont ces brides qui sont cause que le quatrième est dans la dépendance du troisième et du cinquième, dépendance de laquelle nous avons cherché à l'affranchir autant que possible, en le faisant exercer sur les appareils 3, 4, 5, 6 et 7.

TROISIÈME EXERCICE.

BUT, DESCRIPTION ET APPLICATION DE L'APPAREIL N° **3.**

Cet appareil est destiné à faciliter l'élévation du quatrième doigt ou annulaire, en distendant le muscle fléchisseur et en faisant glisser la surface articulaire de la première phalange sur le dos de la surface articulaire métacarpo-phalangienne correspondante. Il se compose d'une pièce de bois, dont l'un des bouts de cette pièce est fixée à la tablette par une char-nière ; sur cette même pièce de bois sont enchassées onze roulettes, toutes superposées transversallement, et laissant entre elles une distance. A l'autre bout de cette même pièce de bois sont vissés deux montants de bois réunis ensemble par un petit balustre ; ces montants de bois servent d'arc-boutant lorsqu'on redresse graduellement l'appareil, ce que l'on fait pour rendre cet exercice de plus en plus difficile.

Cet appareil ressemble assez à une échelle double, dont les échélons seraient remplacés par des roulettes.

Soulevez cet appareil, et placez les arcs-boutants dans les premiers trous pratiqués dans la tablette : commencez l'exercice par la main droite, posez-la à plat sur la tablette, de manière à ce que le quatrième doigt soit en ligne droite avec la série des roulettes, le bout de ce même doigt près de la première roulette inférieure (figure 2).

L'exercice consiste à pousser la main en avant, en faisant glisser le quatrième doigt sur la série de roulettes, et en lui faisant atteindre, si c'est possible, la plus élevée, sans toutefois que la main cesse de porter à plat sur la tablette ; le quatrième doigt, seul, devant être appuyé sur les roulettes. (Figure 3).

Exécutez ce mouvement ascendant, et descendant jusqu'à ce que vous puissiez l'exécuter sans effort, et rendez ensuite cet exercice de plus en plus difficile, en dressant graduellement l'appareil, et en lui faisant occuper successivement tous les trous.

On ne doit pas espérer d'arriver au dernier trou avant trois mois d'exercice Quelques personnes, cependant, par la conformation de leurs mains, pourront y arriver plus tôt.

Il faut également faire cet exercice avec chacun des autres doigts, excepté avec le pouce.

QUATRIÈME ET CINQUIÈME EXERCICES.

BUT, DESCRIPTION ET APPLICATION DE L'APPAREIL N° 4.

Cet appareil exerce à la fois les deux mains, et doit procurer aux annulaires ou quatrième doigt de chacune d'elles, plus de facilité pour s'élever, en produisant sur eux les mêmes résultats que dans l'exercice précédent, et aussi plus de force pour attaquer la touche en développant leur muscle fléchisseur.

Il est composé d'un tube en bois ou en cuivre fixé à la tablette ; dans ce tube entre à triple vis une tige en cuivre ; au bout supérieur de cette tige est fixée, par le milieu, au moyen d'une goupille, une pièce en bois ; à chacune des extrémités de cette pièce de bois est vissée, par les deux bouts, une petite courroie, de manière à faire une boucle ou étrier.

Introduisez l'extrémité de la troisième phalange (bout du

doigt) de chacun des annulaires ou quatrièmes doigts dans chacune des courroies, et posez le bout des autres doigts sur la tablette, en tenant le poignet élevé et la main placée comme pour jouer du piano.

Commencez l'exercice par baisser l'annulaire ou quatrième doigt de la main gauche jusqu'à ce qu'il appuie sur la tablette; cet abaissement de l'annulaire gauche produira l'élévation de l'annulaire de la main droite. Baissez ensuite l'annulaire de la main droite jusqu'à ce qu'il touche sur la tablette; ce mouvement contraire de bascule élèvera à son tour l'annulaire de la main gauche. (Figure 1).

Répétez ces mouvements jusqu'à ce que vous puissiez les exécuter avec une grande rapidité, et évitez que les autres doigts quittent la tablette.

Pour rendre cet exercice de plus en plus difficile, il faut élever graduellement la pièce de bois où sont attachées les courroies, en dévissant la tige de cuivre, c'est-à-dire en la tournant de droite à gauche.

Vous devez ensuite, pour varier cet exercice de leviers, enfoncer les doigts dans les courroies jusqu'à la première phalange, mais aussi près que possible de l'articulation de la première et de la troisième phalange. (Figure 2).

Ainsi, comme on vient de le voir, l'appareil n° 4 servira à deux exercices successifs.

SIXIÈME EXERCICE.

BUT , DESCRIPTION ET APPLICATION DE L'APPAREIL N° 5.

———

Cet appareil a pour but d'égaliser la force des doigts ; toutefois, il est plus spécialement consacré à développer l'annulaire ou quatrième doigt, et à rendre ce même doigt aussi indépendant que les autres.

Cet appareil est composé de deux pièces séparées l'une de l'autre. La première est un appuie-main qu'on peut élever ou baisser au moyen d'un écrou, A (Figure 3); on peut aussi l'incliner à droite ou à gauche au moyen de l'écrou B ; on peut, en un mot, l'ajuster suivant la longueur des doigts ou la conformation de la main, et le faire ainsi servir à redresser une mauvaise habitude.

La seconde consiste en trois touches de piano.

L'appuie-main a la forme d'un champignon dont la tête serait ovale, (Figure 3).

La tige est plate et en cuivre ; elle est fixée à une petite borne au moyen d'un petit boulon avec écrou à oreilles : en dévissant cet écrou A, on peut allonger ou raccourcir cette tige et baisser ou hausser, par ce moyen, l'appuie-main ; on peut incliner à droite ou à gauche la tête de l'appuie-main, au moyen d'un autre écrou à oreilles B qui est du côté opposé à celui qui sert à l'élever ou à l'abaisser ; il faut dévisser cet écrou et incliner la tête de l'appuie-main à gauche jusqu'à ce que la main que l'on veut exercer soit bien placée, on n'aura alors qu'à serrer cet écrou pour assujétir la tête au degré d'inclinaison que la conformation de la main exige.

La seconde pièce est composée de trois touches de piano ayant des trous ou des crémaillères sur le derrière ; sur chacune de ces touches appuie un ressort en cuivre ou à boudin : en faisant appuyer le ressort dans une crémaillère ou un trou plus ou moins éloigné du pivot de la touche, on la rendra plus ou moins dure à enfoncer. (Figure 3).

Ainsi pour exercer les deuxième, troisième et quatrième doigts, on rendra les touches correspondantes aux deuxième et troisième doigts faciles à enfoncer, tandis qu'on rendra plus dure celle correspondant au quatrième doigt.

Il est très-aisé de comprendre qu'en exécutant une étude sur trois touches d'inégale résistance, dont deux seront faibles, et l'autre dure à enfoncer, le doigt auquel sera imposée la touche dure acquerra de la force par le développement de ses muscles que provoquera cette gymnastique, tandis que ceux que feront mouvoir les touches faibles n'en acquerront pas.

Pour cet exercice, placez le creux de la main sur l'appuie-main, de manière à ce que les doigts que vous voulez exercer appuient sur les touches, et ayez soin que les autres restent constamment immobile sur la tablette. (Figure 5).

Pour égaliser la force de l'annulaire ou quatrième doigt, qui, par sa conformation, est plus faible ou plus paresseux que les autres, on devra pousser graduellement vers l'extré-mité le ressort correspondant à la touche sur laquelle ce doigt est posé, afin de rendre, par ce moyen, cette touche de plus en plus dure à enfoncer.

Renversez cet exercice pour la main gauche, c'est-à-dire, agissez d'une manière inverse sur la force des ressorts.

Exécutez d'abord les études suivantes avec le deuxième, troisième et quatrième doigt, en réglant le poids des touches, de manière à ce que celles correspondant aux deuxième et troisième doigts soient très-faciles à enfoncer, tandis que celle correspondant au quatrième sera d'un degré moins facile.

Il ne faut augmenter d'un *degré* la dureté de la touche

du quatrième doigt , que chaque fois qu'on aura exécuté toutes les études ; on laissera toujours les deux autres touches
au même point.

On devra donc recommencer les études autant de fois qu'il
y a de crans ou de trous sur la touche.

Il faut aussi exécuter ces études avec les troisième, quatrième et cinquième doigts ; mais dans ce cas, il faut régler le
poids des touches de manière à ce que celles correspondant
au troisième doigt soient très-faciles à enfoncer, tandis que
celles correspondant au quatrième et cinquième seront d'un
degré moins facile.

Ici aussi on n'augmentera que d'un *degré* la dureté des
touches des quatrième et cinquième doigts chaque fois qu'on
aura exécuté toutes les études tandis qu'on laissera la touche
du troisième doigt toujours au même point.

Nous sommes convaincus qu'en ayant soin d'appuyer constamment sur la tablette du Gymnase des doigts le bout des
doigts laissés inactifs dans l'exécution de ces exercices, on
arrivera bientôt à obtenir cette indépendance des doigts,
l'une des premières nécessités d'une brillante exécution ins-
trumentale.

Il est inutile d'insister sur cette démonstration, à savoir
que l'excès relatif de résistance à vaincre opposée successivement au quatrième et cinquième doigt, doit nécessaire-

ment développer leurs forces musculaires, et les amener à cette égalité de puissance que par suite de sa conformation particulière, la nature leur avait refusée.

___

SEPTIÈME ET HUITIÈME EXERCICES.

BUT, DESCRIPTION ET APPLICATION DE L'APPAREIL N° 6.

Cet appareil est le plus petit des huit qui composent le Gymnase, et ne doit cependant pas produire de moins bons résultats que les autres.

Le quatrième doigt, qui jusqu'ici n'a été exercé à s'élever qu'avec l'aide d'auxiliaires, a besoin d'être livré à ses propres forces, et de s'élever à telle ou telle hauteur que voudra lui assigner celui qui l'exerce.

L'appareil destiné à cet exercice est une petite pièce en cuivre dont la tige entre à vis dans la tablette du Gymnase.

Posez d'abord les doigts sur la tablette, en tenant toujours la main comme sur un clavier, à l'exception du quatrième doigt, dont le bout doit porter à-plomb sur la pièce de cuivre ou chevalet (figure 6). Cette pièce de cuivre s'élève ou se baisse en la vissant ou en la dévissant.

L'exercice consiste à faire descendre le quatrième doigt sur la tablette en avant puis à la porter en arrière, en lui faisant franchir le chevalet sans le toucher.

Élevez le chevalet en le dévissant, de manière à augmenter progressivement la difficulté.

On peut varier l'emploi de cet appareil. en faisant le même mouvement de gauche à droite et de droite à gauche, comme si l'on voulait faire une cadence sur le piano avec un seul et même doigt, principalement le quatrième, tandis que les autres doigts seraient occupés à tenir un accord plaqué, ce que l'on simulera en les tenant constamment appuyés sur la tablette du Gymnase, et en les éloignant le plus possible les uns des autres.

Observez, dans cette variation d'exercice, que ce soit l'extrémité de la troisième phalange (bout du doigt) qui passe sur le chevalet.

NEUVIÈME EXERCICE.

BUT, DESCRIPTION ET APPLICATION DE L'APPAREIL N° 7

Quoique le quatrième doigt soit parvenu, à l'aide des appareils précédents, à se mouvoir dans tous les sens, avec ou sans auxiliaires, il exigeait pourtant encore un complément d'éducation, nous l'avons trouvé dans l'exercice à faire n° 7, qui, opposant un obstacle au mouvement ascendant de ce doigt, augmente le développement des muscles extenseurs qui le font élever.

Cet appareil est presque l'inverse de l'appareil n° 5.

Il est composé d'une pièce de bois fixée à la tablette ; une touche ou levier y est adapté au moyen d'un écrou à oreilles A, on peut élever ou baisser cette touche selon l'âge et la longueur des doigts de la personne qui veut exercer ; cette touche est garnie de peau en dessous sur le devant, et d'un ressort à boudin B, sur le derrière, qui tend à ramener la touche vers la tablette, afin de rendre la touche plus dure à soulever.

En dessous de cette touche est une pièce en cuivre semblable à celle de l'appareil n° 6; elle sert aussi, comme dans le septième exercice, à imposer au doigt que l'on exerce l'obligation de s'élever à telle ou telle hauteur.

Placez la main dans la position déjà recommandée plusieurs fois; observez de mettre la première phalange de l'annulaire (quatrième doigt) exactement en contact avec le desssous de la garniture en peau qui est à l'extrémité de la touche; ayez soin de poser tous les doigts sur la tablette, et de placer le quatrième au-delà de la petite pièce de cuivre. (Figure 1).

L'exercice consiste à élever l'annulaire le plus haut possible et à le faire passer en deçà et au-delà de la petite pièce de cuivre, absolument comme dans le septième exercice, observant surtout d'éviter que le poignet ni l'avant-bras ne fassent le moindre mouvement, et qu'aucun des autres doigts ne bougent de leur place, c'est-à-dire qu'ils restent constamment appuyés sur la tablette du Gymnase.

On doit progressivement augmenter la force de l'opposition produite par l'effet du ressort, à l'aide de la petite lanière ou bouton qui est au-dessus de la touche. C'est en changeant cette lanière de crémaillère, ou le bouton de trou, qu'on rendra la touche plus ou moins difficile à élever.

Le quatrième doigt étant condamné à soulever cette touche avec la première phalange, sans secousse de poignet ni d'avant-bras, et tandis que les autres doigts seront posés sur la tablette, ne peut manquer d'acquérir un très-grand développement et une indépendance totale.

DIXIÈME EXERCICE.

BUT , DESCRIPTION ET APPLICATION DE L'APPAREIL N° 8.

Ce dernier appareil est placé là, moins comme un mode d'exercice que comme un moyen de comparer, de mesurer en quelque sorte le progrès des extensions acquises au fur et à mesure des exercices ; on peut s'en servir encore pour exercer le passage du pouce par dessous les autres doigts ; chacun des dix doigts devra, à cet effet, occuper chacune des dix touches figurées par des filets incrustés dans la tablette du Gymnase (Figure 2), on lèvera le pouce pour le faire passer successivement sous l'index, le médius, l'annulaire, et même sous le petit doigt, si c'est possible, ce que l'on fera en le poussant avec l'autre main, ayant soin de le ramener chaque fois à son point de départ. (Figure 2).

Observez strictement, en faisant cet exercice, de ne pas éloigner les coudes du corps.

ONZIÈME EXERCICE.

BUT, DESCRIPTION ET APPLICATION DE L'APPAREIL Nº 9.

Cet appareil a pour but d'exercer la main à répéter une même note successivement avec les cinq doigts; il se compose d'une touche avec marteau, attrape-marteau, échappement, etc., etc.; il faut exercer sur cette touche tous les modes de répétitions indiqués dans les doigtés des études de nos grands maîtres, en ayant soin de bien marteler et de bien accentuer les coups de doigts sans faire de mouvement d'avant-bras ni de poignet, l'articulation des phalanges devant seule faire tous les frais de cet exercice.

Le coup sec que donne le marteau en cuivre A sur le bouton de cuivre B, fera mieux apprécier la regularité des coups qu'un marteau de piano frappant sur des cordes flexibles mises en continuelles vibration par les coups réitérés d'un marteau moelleusement garni.

Pour rendre la touche plus dure, il faut progressivement
en augmenter la force produite par l'effet du ressort, à l'aide
du petit bouton qui est au-dessus de la touche. C'est en changeant le bouton de trou plus ou moins éloigné de la touche
qu'on la rendra plus ou moins difficile à enfoncer.

OBSERVATIONS GÉNÉRALES.

Il faut exercer tous les matins et tous les soirs, au moins
cinq minutes sur chacun des appareils qui composent le
gymnase des doigts, et de préférence avant d'étudier le piano
ou tout autre instrument.

Evitez dans le principe de rendre les appareils trop diffi-
ciles à exercer. On ne saurait trop recommander de *graduer*
le plus possible la difficulté des exercices, et de laisser les
appareils pendant plusieurs jours sur chacun des degrés de
difficulté.